Big Brow
El gran oso pardo

David McPhail

Green Light Readers/Colección Luz Verde
Harcourt, Inc.

Orlando   Austin   New York   San Diego   Toronto   London

Bear is big.

Oso es grande.

Bear is brown.

Oso es pardo.

Bear goes up.

Oso sube.

He comes down.

Oso baja.

Bear gets paint. The paint is blue.

Oso busca pintura. La pintura es azul.

Bear goes up. The paint goes, too.

Oso sube. La pintura sube también.

Little Bear is playing. She has a bat.

Osita juega. Tiene un bate.

Oh no! Little Bear!
Do not do that!

¡Oh no, Osita!
¡No hagas eso!

Bear *was* up. Bear comes down.

Oso *estaba* arriba. Se vino abajo.

Bear is big . . .
but he's *not* brown!

Oso es grande . . .
¡pero ya *no* es pardo!

Bear washes up.
He's brown once more.

Oso se lava.
Vuelve a ser pardo.

He washes the windows, then the door.

Lava las ventanas y la puerta.

Bear gets more paint. It's green, not blue.

Oso busca más pintura. Es verde, no azul.

Bear goes up. The paint goes, too.

Oso sube. La pintura sube también.

Bear is painting. He's all set.

Oso está pintando. Todo va bien.

But look out, Bear!

Pero, ¡cuidado, Oso!

It's not over yet!

¡Este cuento no se ha acabado!

A BEARY NICE

In the story, Bear went up and Bear went down. Sing this song about something else Bear might do!

Bear went over the mountain.
Bear went over the mountain.
Bear went over the mountain.
To see what he could see!

SING-ALONG!

La canción

En esta historia, Oso subió y Oso bajó del árbol. Canta con tus amigos sobre otras cosas osadas que puede hacer Oso.

Oso subió a la montaña.
Oso subió a la montaña.
Oso subió a la montaña.
Por ver qué podía ver.

del oso osado

Lo que vio fue otra montaña.
Lo que vio fue otra montaña.
Lo que vio fue otra montaña.
Es todo lo que pudo ver.

Meet the Author-Illustrator
Te presentamos al autor-ilustrador

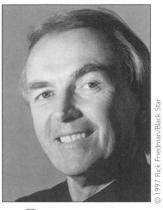

Many of David McPhail's books have bears in them. He likes to draw bears. They remind him of Teddy, the bear he had when he was a child. Teddy would go with him everywhere.

David McPhail doesn't have Teddy anymore, but he has another big toy bear in his office that keeps him company.

Who keeps you company?

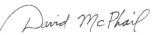

En muchos de los libros de David McPhail hay osos. Le gusta dibujar osos. Le recuerdan a Teddy, el osito que tenía cuando era pequeño. Teddy iba con él a todas partes.

David McPhail ya no tiene a Teddy, pero tiene en su estudio otro enorme oso de peluche que le hace compañía.

Y a ti, ¿quién te hace compañía?

First Green Light Readers/Colección Luz Verde edition 2007

Green Light Readers is a trademark of Harcourt, Inc., registered in the
United States of America and/or other jurisdictions.

Library of Congress Cataloging-in-Publication Data
McPhail, David, 1940–
[Big brown bear. Spanish & English]
Big brown bear = El gran oso pardo/David McPhail.
p. cm.
"Green Light Readers."
Summary: A big brown bear turns blue while painting when a little bear
playing with her baseball bat accidentally knocks him off his ladder.
[1. Bears—Fiction. 2. House painting—Fiction. 3. Stories in rhyme.
4. Spanish language materials—Bilingual.] I. Title. II. Title: Gran oso pardo.
III. Series: Green Light Reader.
PZ73.M37235 2007
[E]—dc22   2006009515
ISBN 978-0-15-205965-1
ISBN 978-0-15-205970-5 (pb)

SCP 15 14 13 12
4500592358
Printed in China

Ages 4-6
Grade: 1
Guided Reading Level: G
Reading Recovery Level: 10-12

Green Light Readers
For the reader who's ready to GO!

Five Tips to Help Your Child Become a Great Reader

1. Get involved. Reading aloud to and with your child is just as important as encouraging your child to read independently.

2. Be curious. Ask questions about what your child is reading.

3. Make reading fun. Allow your child to pick books on subjects that interest her or him.

4. Words are everywhere—not just in books. Practice reading signs, packages, and cereal boxes with your child.

5. Set a good example. Make sure your child sees YOU reading.

Why Green Light Readers Is the Best Series for Your New Reader

• Created exclusively for beginning readers by some of the biggest and brightest names in children's books

• Reinforces the reading skills your child is learning in school

• Encourages children to read—and finish—books by themselves

• Offers extra enrichment through fun, age-appropriate activities unique to each story

• Incorporates characteristics of the Reading Recovery program used by educators

• Developed with Harcourt School Publishers and credentialed educational consultants

Colección Luz Verde
¡Para los lectores que están listos para AVANZAR!

Cinco sugerencias para ayudar a que su niño se vuelva un gran lector

1. Participe. Leerle en voz alta a su niño, o leer junto con él, es tan importante como animar al niño a leer por sí mismo.

2. Exprese interés. Hágale preguntas al niño sobre lo que está leyendo.

3. Haga que la lectura sea divertida. Permítale al niño elegir libros sobre temas que le interesen.

4. Hay palabras en todas partes—no sólo en los libros. Anime a su niño a practicar la lectura leyendo señales, anuncios e información, por ejemplo, en las cajas de cereales.

5. Dé un buen ejemplo. Asegúrese de que su niño le ve leyendo a usted.

Por qué esta serie es la mejor para los lectores que comienzan

• Ha sido creada exclusivamente para los niños que empiezan a leer, por algunos de los más brillantes creadores importantes de libros infantiles.

• Refuerza las habilidades lectoras que su niño está aprendiendo en la escuela.

• Anima a los niños a leer libros de principio a fin, por sí solos.

• Ofrece actividades de enriquecimiento creadas para cada cuento.

• Incorpora características del programa Reading Recovery usado por educadores.

• Ha sido desarrollada por la división escolar de Harcourt y por consultores educativos acreditados.